不可胜数的芦花

谢晓飞 著

长江出版传媒
长江文艺出版社

目　录

当　铺

当十九世纪来到二十世纪的当口
龙袍披在谁身上已不重要
那年寒冬腊月
我走进一间当铺
当掉我身上的袄
单衣贴身如换来的单薄的银票
我用当来的银子
在身体里开另一间当铺
同时当掉我的胃和肺
当掉食物和呼吸
碎银留在胸口
一兴奋便会隐隐作痛
龙袍披在谁身上已不重要
在十九世纪去到二十世纪的当口
只有当铺的生意最公道也最红火

摆　锤

目光投向炉子里的炭火
心像摆锤
摆近火炉时
一条银蛇探出头
吐着火苗的信子
锥刺的痛往耳朵里钻
少顷
心摆向遥远的海面
大海异动
六百年前的古帆船
卡在海的巨肺中
试图向陆地返航
不时呛出黑风

穿越阅读

书翻在 42 页，在抵达 43 页之前
在下一声啼叫之前
夜莺用一大块墨点
点了一颗重重的休止符

巨大的引力，巨大的诱惑
像思想的虫洞，时空的陷阱
引诱着你掉进去

你掉了进去，准备从另一个时空出来
心被挤得比钻石纯粹
从外形到质地
都显得格外剔透

百年之后，再百年之后
昔日繁忙的小城成为一座美丽的古堡
大提琴拉低了整条多瑙河的夜色
荷尔德林式的孤独抬高了阿尔卑斯山上的白雪

茧

透过一片蚕叶观古老民族的纹理
那交织的叶茎同属一脉
像思想交织着灵魂
思想有时远离灵魂
去问南方的花仙子要一朵鲜花
问东归的霸王借一匹良马
那件国宝青铜器曾是喂马的食槽
那颗曾经奉为至宝的夜明珠被镶在鞋头
铸在银元上的人头依旧做着皇帝的梦
那些拥有银元的国民满大街奔走
交换玉器锦帛以正帝皇的梦
说被茧包裹的梦想光滑如丝绸

幽　灵

我并不想做现实的附庸品
我只想与黑夜舞蹈
像一只白猫抬起一只脚，挠着黑夜
像一只黑猫用两只爪子摩擦白天的树皮
磨掉的碎屑，就当作献祭
像白隐身于黑，像黑隐身于白
像一个什么也不是的幽灵
在一个叫死海的地方写诗
写过去的诗，写未来的诗
写死的诗，写活的诗
用幽灵的黑披风写
用猫的尾巴写
在猫能看见的夜里写
将高海拔的幻物写到低海拔去
将在我笔尖端坐的巨物点到盐晶里去
我将不再与实体世界有任何瓜葛
我正在成为黑夜的舞蹈，诗，幽灵

诗与爱情近似

阳光的清晨叫醒你
酒神狂欢
莺飞草长，玫瑰香溢

多闪电的夏天的嘴
专啃稻穗的须根
体内留有闪电拉开的划痕

葡萄为葡萄酒而牺牲
酒为酒神牺牲
花期或短或长，却不可逆

缪斯的草籽越撒越密
越空着手
越挨近坟墓

挖一口井解一回渴
挖一口井解一回渴
挖一口井解一回渴

大地龟裂，玫瑰干瘪
酒神离去
落日的稻田将你驱离

成年礼

天使在左
魔鬼在右

饮露的孩子
坐在阳光的草堆
发冷

陆生动物束起毛发
列队桥头
鱼贯般一头扎进
一条由天火点燃的
人工运河

在水中
被水领养的鱼
不是被水鸟吃掉
就在鱼罐头里
腐烂

易燃气体
拼命往
一只密封玻璃瓶子里
挤，爆裂

时间中子在收缩
向内塌陷
瑟缩进每个毛孔

金色钥匙
打开黄金的锁链
踏进密室
并非为了拿走什么
或开启什么

用一条大江淘沙

像杯弓蛇影
水晶杯上的花纹以虚击实
杯纹同着一杯水被喝下

狐狸用削去的尾巴完成一次祭祀
时间的强盗用一条大江淘沙
打造一船水晶的梦

站在黑十字上的君王
能将乾坤颠倒
狼群站在风口怒嚎

满载水晶和水晶之梦的船
转向落日的去处
沙漠正在用黄金作祭祀

生命与奏乐

在地球上，生命并不新鲜
长几只角几对复眼也不新鲜
生命并不是为到这里来而来到这里
生命存在于有和无之间的朦胧地带
一草一木，一虫一鸟
都是天生的乐师
都在参与这个世界的奏乐
生存是一种奏乐，接近本能的那种
爱是一种奏乐，一种高级的幻觉
野蛮和屠杀也是一种奏乐，
一种“秋风秋雨秋煞人”的疾呼
孤独不是独奏曲，人类也不是合唱团
奏乐就像上帝掷骰子，上帝从不类聚
蛾蠓喜爱攀附黑湿的枝条
可是黑并不是它的原色
黑色只属于眼睛
假如你拥有记忆
你将拥有与过去相处的能力
你可以将音乐奏得更出类拔萃
你可以毁掉昔日的宫殿获取乐趣
沉掉昔日的百宝箱来获得安慰，或者
为曾经歇斯底里眼前却无感的事情感到害羞
为从前害怕错失的诡谲心态而心生蔑视
殖民者在奏乐，被殖民者也在奏乐

他们语言不通，他们互相干扰
他们均不在乎谁是听众
他们同样为自由奏乐
为自己的英勇奏乐，为自己奏乐
直到把各自的梦奏圆，把天奏亮
直到梦从床上滚落到地上

空虚怎么会烦恼

水池只剩一封私密信，云落在不远处
今天星期五，他们说是黑色的
可是外面分明很明亮

梅雨季明天结束还是后天结束，又有什么要紧
一部分人说形式重要，另一部分人说不
还有人一会儿说重要，一会儿又说不

水池只剩一封私密信，云落在不远处
眼镜摘下，起身追逐那个飞出窗外的词语
刚抓住它，天就亮了。复位，把昨天再循环一遍

周期性的疾病，一到这个季节就犯
瞧，那倒在泥土上的半棵朽木爆出两片嫩芽
状似业已僵死的蝴蝶的两只翅膀，因风摆动

镜子与玻璃

踩着黄昏扬尘归来的砍柴人
一对黢黑幽远的眼珠
像两颗旧的玻璃球，陷在林深处
如他手中的砍柴刀一样钝拙

原本沉沦镜中的你豁然站起身
追着一道刺穿玻璃的光离去
脱离镜子领地的你
却不时被另一副镜子修改着去向

我体内有座玻璃房子
居然也学会生锈
我一哀叹，它就哐哐当当

每当我小心翼翼说出一个玻璃质地的名词时
我的玻璃房子就忍不住惊颤
像玻璃球撞击着四面墙

跳　蚤

跳蚤，
永远活在不净处的跳蚤
无意义的跳蚤
为骚扰这个世界而生
一刻不停，不停一刻
即使你拿木板追它拍它
将它赶出大门，赶进楼道
或者干脆拍死在地板上
可是它超越人类精神的动能你永远拍不死
它那死不去的精魂更矫捷，灵活
它可以飞进你的意识里
钻入你活着的身体
借你的双脚继续蹦踏
捣乱，掏空你体内的虚无
继续它的无意义
正如你的无意义
正如你不断探进坟墓的身体里
累积的沙子一样无意义

比　喻

本体与喻体之间的距离
犹如平行宇宙之造物的手
隐去——不可企及之迷津
此不易索求之结果
历经一千次升调与降调
一万次消耗与消歇
这次终于穿廊而过
遽然立在你跟前
椰子林前斜阳暮
她就在跟前，装在你眼里
成全了你的舍近求远
时光倥偬，狡黠
那些至今无法探及的
毅然于背风中
震颤，于震颤中凌乱

图　案

那是怎样一类图案
又将呈现怎样丰富的动态
它始于反射弧与折射曲线的反复交织
疑惑，失真又不失曼妙
像极光之舞，像巫术水晶球
像一块烙铁在时空截面留下的不同印记
从极古到极近，从古典到现代
它的形变类似星际漩涡，类似月夜回旋曲
先验又后验，由己又不由己
它的能量来自遥远的火球
却比热忱更猛烈，比冷漠更持久
它先于一粒种子埋下希望
却晚于蒲公英的绒毛散开
当你无所事事时
它就在每件生活过的器物上延展
并准备渗透其中

邂逅

雪，被心的花萼截获
开须臾的白花

帆，在反对身下的海水
反对冗长与单调

露水因少了那一层过滤而变得更无邪
邂逅之为邂逅，必然缺少一次确认

文字一旦落笔纸上
便开始了它的爬行

没有什么比亲眼看见宇宙在虚时间上的某一次塌缩更
  惊心
云朵在意义与浪漫之间游弋
体验着世界隐秘的一贯的不连续

或许有一天
你会放下不合时宜的标记与分类
直面而不假思索地指向春天的落日余晖说
看，多美！

将　至

韶华将至，三分流水二分尘
从此刻开始
西风的烈酒退还画中酒器
用旧的时间，归属擦亮它的精灵
藏匿在废墟的遗忘的核心的
故园的一把折扇
将自行打开

不只是氤氲消翳
不只是假想洞开
还是石器、玉器、青铜器的依次复现
千年之前之此在
光年之外之感知
感知之上之发现
将在嫣英碧丛间
一声啾鸣的声波里一一汲得

我们的意义

看，一只小狗拼命追着主人远去的货车
看，蜜蜂还是不愿离开那些烂枯的花儿

天空画着意象的云朵
骆驼、狮子、孩子，查拉图斯特拉如是说

而我们在开阔地上建造一座巨型射电望远镜
用日夜，日夜搜寻与我们相似的另一颗暗星

在追求终极真理的道路上
自我锻打，成痴成狂成魔

日子锻造了短的我们
我们将日子锻造成为长的喧响

智慧一旦占据我们的心
请拿起，去占领神的荣光

握在手心的心，暮光下烧得通红
直把我们自己赋予自己的意义操纵

爱烂漫，爱自由

你是他一生脱不去的声音
你是他一生写不完的诗篇
关于烂漫
最喜她狂奔无天涯
情话疯话不辨真假
也许在这里
也许在那里
对鱼一江流，青山两岸挂
看冰中有火，看雾似有花

你是他眼里不羁的再生花
你是他心池不厌的将回忆
至于自由
最恋她香烛般随至随走无由
来时汹汹去时碎光粼粼如潮
也许是有知
也许是无知
我从山中来，未带兰花草
相知无嫌隙，行行半海角

雪

七八月份的雪羞涩地来去
在原本不属于她的季节
雪花一片一片毫不吝啬
落在你肩上发上唇上
她在编织一片白色梦林
旋转，飞舞，跳动，直至消融
也见证了你的青春

这借位时间的雪神秘地来去
竟灵气逼人，攥住我的心魄
雪花一片一片无意久留
飘过我窗前书前眼前
带着异样的温度和气息
在凝固、死寂、炙热的空气中格外张扬
也倾覆了我的哲学

名　胜

将一片沾过仙气的茶叶
投入一搅再搅的茶壶
从此
该茶壶变成王母的玉壶
怎么倒也倒不尽
两条腿的杯子络绎不绝
来承它的饮
饮这一片叶子的淡雅或醇厚
离开时
更有一片茶叶粘住杯底
怎么甩也甩不掉
而且走到哪里都能再吐一吐仙气

秋日里一支箭

秋日里一支箭
射中海面一条白鲨
泡沫似是车轮滚滚
惊了你的珊瑚海岸

秋日里一支箭
射中林间一头麋鹿
山丘白，四途坦
天气清，怀抱敞

秋日里一支箭
射中晴空一只雏鸟
抢了你心爱的口哨
顷啼天苍地茫

大地戴上秋日的面具
以冷峻的石像的嘴唇
将言语托付消失的国度
假装复活，从地下复活

而你，从地下爬至地面
被秋日里的萧索射中
在花叶飘零的舞姿里，微笑
假装复活，从秋日里复活

种　雪

追索树梢上的月华自低处向高处依恋
大雪一片一片落满怀
未尽力的人不了解
依恋一层一层如何摞成美景良辰

日记里的“最”字纷纷剥落丢失重心
钢笔的重量削去一半
笔尖的轨迹
脱离了行星无为的公转

瞬间，那些不在场的事物
站满我无法赎回的藏身处
那里有尚未易位的井，
还有黛瓦的矮屋

我看见，
我儿时种下的杏树复活了
影子立起来
拿起铁锹在门前种雪

未　来

落子无悔
落在格子上的棋子
分坐楚河汉界两旁，迎头观望
如隔岸观火

过了河的小卒，逐马堵炮，克象制将
时局在圈地，锋芒在抵近
直逼你退守最后一道防线

充满戏谑的对弈
犹如你拿左手的棋子吃掉右手的棋子
可以说左手赢了右手
也可以说右手输给了左手

留在盘面上的棋子不时叩响其窗
被吃掉的棋子扭头望向窗外的绚烂
——未来只是局外人

青青物语

青青少年时空白的脑袋里每只蟑螂都足够新奇
依旧记得被弄哭的女孩当年的发型
学期结束时谁的课本最破最新
还记得那个扔黑板擦的女老师的眼神
和那位粉笔字写得超漂亮的男老师拽拽的嗓音
无法忘记放学后偷偷去打的电子游戏
以及隔天早晨总也抄不完的作业
往女同学课桌塞情书的老同学也好久不见
那位让我们胆寒的老师曾经再不想见
第一次看李小龙录像带的那个半夜依然令人回味
第一次看古惑仔的那间教室至今还记得它的方位
不敢去数的时间沙砾磨平了边边角角
就像那时候每张课桌上模糊不清的“早”
可是傻傻的老照片如今看上去却暖暖的
青青少年时就在池塘那边
如今空白格似乎被填满
久已容不下池塘里蛙声一片
可是有些记忆再模糊还是怀念
有些事情再不对想想还是会醉
有些歌曲虽然简单再听还是会落泪
再清醒的夜晚回忆总是让人无处放回

边 城

这里！边城！处处呈现相似的裸露
秃鹰乱啄黄沙，理想还未进化出来

因为没有雨水，所以不需惧惮惊雷
因为缺水，这里的骨头很干燥，一点就着

风沙野蛮，石头会飞
生活被蛮力穿透

阳光很多——重要的事情不多
最不重要的时间——行得最慢

意志尚活在青草的根、茎和叶片之间
可惜一覆手，整座城池就可以被抹平

你　说

你曾说你有一把金色钥匙
可以开启无限
后来，像旧时电视
突然出现的满屏雪花
你被淹没在“滋滋”的杂音之下

你说年少时，
看世界的人深邃幽远
步入中年后，再观世界
杂树下的鸣虫会带来新的乐趣

阳光蒙尘，河水瑟缩
时间一面让你变得更坚硬
一面让你变得更易折

你说，总有一天
折断的碎片残骸会一片一片
飘回东海岸

趣　味

倘若每枚贝壳都拥有对海等量的情感
勿疑囿藏于心的那枚是否承得起你的寄托
寄托你落成灰的担当
寄托你撕不碎的微茫
寄托你不问世事的颓废
寄托你无征无象的莽撞
也寄托你云蒸霞蔚的趣味
倘若有趣与无趣拥有同等的体量
勿疑有趣与无趣可否分得对等的分量
踽踽神游于这趣味的对等空间
有趣可能会变得无趣
无趣也可能有趣起来
野火在烧他们的青葱岁月
把有趣的故事带来
白蚁在啃我们的老树残根
把无味的杂念带去
时光用她的袖袍擦亮每一个字眼
同时卷走诸多可疑的意味
无畏者在撒哈拉沙漠讲着《小王子》的故事
同时省去了向大人们解释的精力和乏味

午后时光

三月的午后
猫儿温驯
她依木质门框站着
阳光大好
恰好印出半身影
她就这么静静依偎着
顺便将缄默写在背过去的门框上
光影洒在她愈渐陌生的脸上
围栏外面春意盎然
绿的更绿，红的更红
万象蓬勃，千姿百态
春光夺目如削
恰好裁剪出这光影的鲜明
微风稍起，浮光掠影活泼起来
在她年华同样鲜明的面颊上游动
她轻轻挪了挪身子
换个姿势继续倚靠着
不声也不响
生怕惊扰不远处的繁华
脚边蜷睡的温驯的猫
和正悄悄溜走的午后时光

编　织

莫不是有苍蝇那些不速之客
白日里会少几分絮絮叨叨
在蛛网上编织故事
像编的故事一样荒诞
露水辅以一夜耐心打湿每只禽类的翅膀
可是这不管用
狂风过境时吹着得意的口哨
向每位过路客示威
这也不管用
日子重复，却个个拖着长长的尾音
闪电留下的惊心的爪痕
却要漫长的时间来清洗
夜幕下一只豹子唤醒了一群荒原狼
金丝燕用它的一双小脚踩在
一支不会保守秘密的玫瑰上
可爱的不可爱的生灵们
一起编织着这个花样世界
就像编织一个巨型口袋
把可原谅的不可原谅的
通通装了进去
生存和毁灭是一对死敌
他们从不谈到此为止
他们只歌颂未知的美
就像色笔下的迷幻宇宙一样随意

流动的长椅

公园里
雕像旁
一张流动的长椅
无数次欲飞起的大鸟
不断下沉的铁锚
任谁也无法拉起

不如
坐下来
拍张照片——这一刻坠落的雨滴
任它飘飘悠悠
辗转交到未来的你手中
作为礼物

冰　心

玉壶里只容得下一颗冰心
低潮的心，曝晒得越久
无根的泪水，沉得越深
由地表沉至地心
不管你是
坐在井沿拨弄玩具枪的小男孩
还是
提着热水瓶爬上楼梯的小女孩
成长的路上
每当从稠密的枝叶缝隙间找寻到一丝亮光
不多时
你的寂寞老朋友便会在你心上刷一层新漆
此时的酸与彼时的酸不可比量
它只不过像
昨天没下够的雨下到了今天
你可以假装
假装出吐脏话时的率真
假装掉头就走时的干脆
假装不通晓人情的天真
你也可以
假装愤世嫉俗抑或玩世不恭
假装满嘴谎话或满肚子真诚
但不必埋怨
一切都刚刚好

它刚好落进你浅浅的口袋
你刚好默认并带着它四处流浪
不多不少，不早不晚
玉壶里只容得下一颗冰心

倦鸟归巢

宇宙是一只火柴盒
路边的小女孩说
时间呢
是一根接着一根燃烧的火柴
微弱的光在
生命的画卷上移动着不急不缓
还原着微弱生命的图景
你不必读懂它
你只需做被动跟随
当生命的篮子里
落入一片黄叶时
就拥抱一下那一片落叶的秋天
落入一束木槿花时
就亲吻一下这一束花的夏天
不必有任何仪式或仪式感
假如你还想免受打搅
可以在宇宙的尽头
时间消失的地方
立一个墓碑，写下墓志铭
“Go away，guy. We are sleeping.”

如此美丽

梦见自己变成行李
被自己拎在手里
正奔向来信里说的神秘森林

词语已经准备好了
却被一颗火热的太阳堵住喉咙
发音在舌头上打颤

黑夜被剪开一个口子
伴随一声鸟鸣
一座孕育中的星座正在身体的中心形成

松针像生了锈的缝衣针
将每一个我缝在了一起

开裂的石榴籽红得鲜莹
像初次见到时那样欢喜

思 想

书桌，烟灰缸，燃着青烟的半根香烟，
翻开的书页，台灯，还有升至半空的椅子
读到一半的诗，意志的宇宙，乡下的夕阳，
童年的桑葚树，还有一把锁挂在半开的门上

房间昏暗
小虫乱窜
一只都抓不住

窗户从外面推开
无风
汗毛竖立

冥冥中
看见一位拿着放大镜阅读的老者
反应迟缓
一头麋鹿突然从诗中跃起

落水狗

白天，从污池里爬上来的落水狗
抖去一身泥水，垂摆着尾巴
安静、从容地走开了
幸好，白天够白
将“知我所知”的影子照成了虚无

然而，同样从泥污里爬出来的你
却为这虚无笼罩
像被一双眼睛时刻注视着
自觉永远处在监视中心
满身泥水，致惶惶不可终日

心的宇宙

心是储蓄雨水的罐子
也有着周期性的黑夜与白天
从没孕育过一件瓷瓶
却创造了一个不可复制的心之宇宙

黑暗坐在灯下，仰着头
只不过多逗留了片刻
灯一开
便化为乌有

心的陶罐也有它拗不过的期限
如果不用相对论
把时间拉伸
就成不了独具年代感的古董

手指记住了它的琴键
当它化作音符的时刻
跳舞的手指
是因为看见了黑暗中的舒伯特小夜曲

低　垂

不知哪只脚踏错了节拍
另一只脚就隐藏了起来
竹林翻滚着，搅动着
叶片横飞

不该就这样沉睡下去，第三只眼
看那唯一敞开的窗户里
认真的月光投在认真的墙壁
试图留下永久的形迹

发现错误
避免长时间错误地将错误举在手中当作明灯
不管茫茫大海有多凶险
最勇敢的小企鹅总能准确到达它的等候的礁石

把头低到极致的人
不需要赞美
每次抬头，他都能看见异样的风景

一天的意义

我们约好下午两点喝茶
你一早就到了
我们一边喝茶一边闲聊
每多坐一秒就多一分亲近
谁都不愿提前离开
那么这一下午的意义就足够充实

我坐在走廊的椅子上
你恰好从身后路过
突然回头，微笑着挥手离开
像飞近又飞走的蝴蝶
惊讶，让我们忘了该说却没说的话
那么这一天的意义也可称得上美妙

当鸳鸯戏过湖面
我并不羡慕
当乌鸦滑过坡上霞光
我也不再忧伤
因为我的快乐和忧伤并不会在此久留
他们只会栖息在我看不见的地方

一天的意义
并不会因某件东西的缺席而不完整
假如爱情不来就忘记这一天的爱情

短风和长风

是自然赋予生命的两种不同姿态

他们在各自的长度上有各自精彩的方式

小　镇

月亮把它无法抗拒的柔情
悄无声息地洒向小镇的每个房顶
贫困和富足，枯井与水井
同借这朦胧的月光在各自的汪洋里沉睡
夜风沙沙
吐着不清的字眼
你可以理解为私语
也可理解为禅言
小镇毫不设防
置身其外的人
却似隔着一层冰面朝里看
总觉得自己看到了神秘

人总需要点什么
才能活下去
即使在这偏僻的小镇
比如水，比如盐
比如庙里的菩萨
或许要得更多
每当清晨的钟声响起
人们便像潮水般涌出
向开阔地去
向阳光充裕的地方去
这时候，小镇就像一个弃儿

嗷嗷待哺

人类的智慧
最善于计算机会成本
乐于在追逐 A 面并放弃 B 面的
对比中获得满足
人们习惯在新房子里
摆一件古董怀念旧时代
却不适于在老屋里
玩弄他的新玩意

油　画

向日葵烫着脸庞
烫出愉快的羞耻感
鸢尾花在咬你的裙角
越飞奔越仓皇

每当冰河世纪，四海八荒
理想只钟情于另一个理想
在星夜注入之前
拆开它等于毁灭它

向日葵繁殖向日葵
鸢尾花繁殖鸢尾花
分娩着岔口与幻象
制造着分裂与缝合

玫瑰和罂粟的种子
同时飞进橄榄园
生出一幅幅自画像
在蚕食十九世纪的原野

五月二十

此刻
我不再去想世界在同步
还是在争斗
露水滴在睡床上
正在湿润往后的睡眠

我像躺在四周无人的岛屿上
岛风一阵依一阵飘过
像呼吸，像淋湿的吻
像温暖过人心的耳语

梦像零零碎碎升起的星星
分不清
哪颗是你的
哪颗是我的

此刻
我不再去想过去的事
那些恼人的公式
我只想好好数星星
数吊在天花板上的碎梦

虚度光阴

雾气蒸腾于黄昏的草坪
鼹鼠忙着往洞内搬运
黄鹂鸟叽叽喳喳在它的枝丫
青春在挥霍她的奢华
上弦月早早倒挂天空
解即将入夜的馋
挥着衣袖的云彩
总在这个时候动身
去往他们的另半边天
继续虚度我们虚度过的光阴

虚度光阴，或许在雨后
或者推开房门
走进一间空的屋子
里面满是关于雨的想象
或许在雪后
借雪国的列车疾驰
在凄迷的轨道上
忘情虚度他乡的时光
是什么样的理由如此过分
一经出发
便再找不到另一个理由归来

紫砂壶

柜台前
一款制作精美的打折的紫砂壶
吸引了我
我默默端详着它
它亦用它精翘的壶嘴睥睨着我
釉彩身，富贵土
它在迎接它的新主人
以满足货主抛货的急迫心情
它的原料脂泥分明透着大地鬼斧神工的变迁
精巧的形状来自一双现代的手
还是现代模具我并不清楚
粗细均匀透着质感的质地
我清楚它一定经受了恰到好处的窑火炙烤
精美的纹饰，工美的线条
我看到手艺人的专业和用心
我还听到交易者之间的议价
搬运工搬运时的小心翼翼
最终才摆放到这人来人往的商场里
我甚至想到它未来的各种可能
沏茶，摆饰，收藏，或摔烂扔进垃圾桶
取决于它的最终拥有者随时转变的喜好
精美的壶立在精美的橱柜里
睥睨久立橱柜外的我
远远不够精致的我
都在市场估价待售

重　复

重复着美好，重复着枯燥
重复着
面向傍晚的红日直到凉风习起
在房间来回踱步直到心思全空
重复着
听宅院深处的狗吠直至四寂无声
诵念经文直至不知不觉打起盹儿
不管
重复着感性
还是
重复着知性
在重复中徜徉不迫
何必走出柯尼斯堡
只管潜心头顶星空
悲忧并快乐地重复钟盘的轮回
篝火不灭
火星子窜舞不休
重复着已知，重复着已知
直到把未知世界的一道道窄门叩开
反观之
新世界不来
旧世界的运转是多么机械
重复着死，重复着死

杂 草

杂草丛生的荒原上
秋日丢给大地一片狼藉的枯黄
只收获满园劣果
晨间余曦微微
如同此间余夕幽幽
杂草如同暗夜在替代生长
心上的杂草
在浪费的晨夕间生长猖獗
掠食了滋润山树果实的给养
只留下满山荒果

小世界

无论何时
总有那么些人挖掘黑夜就像在挖煤
挣点贿赂白天的资本

无论何时
总有那么些人在夜阑时分低头弹奏或睡中呓语
将白天远远抛在身后

那些小人国里的大人物
掩盖不住羞耻
赤裸着死去

偏僻荒废的庄园里
蝼蚁啃食着树木的须根
如同挠心头的痒

小世界的铁锤
锻打这入世与出世的铁岁岁年年
新世刀刃
和旧世兵器一样热衷于相互残害

袖子里的时光在结霜

袖子里的时光在结霜
世界一醒来就慌
水罐倾倒，洒一地绿苔
丢出的球，在寻找意外
柳枝为触摸它的河流俯身垂下丝缕
花儿为它的树开出情绪
笼中的囚鸟望向碧空的飞鸟
风暴推动沙丘掀起狂潮
天光寥寥终日留白
沧海桑田陆离光怪
黄鹤一去无音信
留独此地空愔愔
顾盼琉璃无事亦缺
春江花月无期亦绝

雨水落在雪晴天

雨水，打在父亲的酒瓶子上
兼落在母亲的油纸布上
频繁发出叮叮、噔噔两种声响
无论悲欢，无论日光转至何方
无论宇宙的背景多么混浊、混响
千里之外，依旧能够从容分辨
这清脆的音色，无为的繁忙
永远落荒而逃，永远跳不出深巷
每次到最后，只能作无形之形存在
在节制的油瓶里挥霍无度
在挥霍的台历本上节制有度
即使在雪晴天，还会这样
依然那样！清楚！

尤利西斯，尤利西斯

抽屉里的枪，藏着决断
两个尤利西斯在对决
可爱的尤利西斯
秽语的尤利西斯
真的尤利西斯
假的尤利西斯

像喋喋不休的呓语
玫瑰碉楼，屋瓦梯子
暗门甬道，骑士经说
潮湿阴暗，毒药污垢
神话传奇，诗剧俗话
全在里面
——嗯，一头怪兽

像抽丝不停的春蚕
把与这个世界的爱对立的爱
——非爱的丝线
抽成一个茧
里头藏着的是所有人心中的秘密

像一只灰鼠，被人群逼往犄角旮旯
躲避被光明照亮的人群的目光
——间接光明

太阳的眼睛
读着加密的文本，读着密码
读着一个假的尤利西斯

蝗虫食谷，青草爬坡
阅读，未曾深入谷底
安可剥开假的尤利西斯的皮囊
风吹日晒，摧枯拉朽
总得蜕几次壳

不着急长大
且待烟屁股抽完
不着急马上写完
写着写着，跌进语言的背面
跌入宗教、文明、艺术的背面

此污秽非彼污秽
非光鲜背后的污秽
不会因反复歌颂而变得美好
词语在这样的怪兽体内
竟获得了可爱的立姿

错　过

在风景里寻风景
像用抄网在浑水里捞鱼
总觉得一定有条鱼会撞到网里
而网到的这条鱼是聪明是笨拙
我并不在乎

风景隐藏在风景里
就像蛰伏在秋日里的枯叶蝶
用禀质用伪装
躲避我的眼睛
躲避我的满不在乎

就这样
风景错过我、我们
一季又一季
我们却在喟叹她从未存在过

偷　生

一手忧郁的牌
是一把飞刀
眼看它们生锈
甩不出手

晨市鼎沸之时
我们交易感情
开水沸腾之时
我们私自潜逃

让我忧郁不已的
不是阴天的萎靡
是地下河的枯死

我摔倒
像针掉在地上
无人察觉
我爬起
暗自庆幸
无人察觉

如果我们是生长在海底的鱼

如果我们是生长在海底的鱼
饮着咸涩的海水
用另一种器官沟通交流

如果我们是生长在海底的鱼
我们造别样的交通工具
偶尔乘着它去海面看雨

如果我们是生长在海底的鱼
我们在海底造高楼架电车
穿过海山和海沟去外婆家

如果我们是生长在海底的鱼
我们带一罐海水去陆地探险
顺便抓几只淡水鱼回来当晚餐

如果我们是生长在海底的鱼
那我们是否更喜欢昼夜不分的黑暗
而不是遥远又刺眼的光明

大　地

它早已完成或不求完成
它将闪电衔在嘴里，经得起反复毁灭
它将须根紧紧嵌住，任凭你挣脱不净
它可藏起一处荒冢，抑或失踪的宝藏

假如在它之上的城市与森林是虚幻
你将获得被省略的部分
假如它平铺开是一张重复书写的纸张
你将获得随手书写的字，勿苛求恒远

它塑造万物，也被万物塑造
被春天刺破，却不予补缝
被足迹延伸，却从未延伸
只在深不见底的谷底深藏一涧清泉
在无边的绝望荒漠里深藏一隅希望

你眼中的大地，屈原的大地，
盖亚的大地，安放灵魂的大地
又冷艳又冷峻，又浪漫又浪涌，
又古雅又古怪，又灵动又躁动
拒绝韵律，自成韵律
它的出现早在灵性的万物出现之前
早在万灵从万物中升华之前
早在那个虚妄而不能我的“我”出现之前

假如它拥有一支画笔
它将如何自我描摹，自我恩宠
你的虚妄又该如何安放，如何坚守

荆棘鸟与化石

有一只龙鸟困在白垩纪的化石里
与它一同困住的还有
刚捕获尚未来得及食取的猎物

他还小时想成为一名电影演员
后来他成了贫民窟一名水管工
现在他没有小孩，什么也没有

我们年轻时有许多事想做
大都已经记不起
还有一些被迫中止

荆棘鸟为荆棘树而歌罢
可我们不想成为荆棘鸟
我们望荆棘树而却步
自求安全度过余生

像拉着载运青春的雪橇
在冰天雪地狂奔
狂奔，只属于梦想的青春
而我们是不远处一座冰雕

他们为“因信称义”而斗争
我们的“因信称义”让我们远离争斗

且度且行，且行且度。有很多心事

藏在化石里，供亿万年后展览

我　思

我就是我的我是我以为的我
我以为的我也许是我喜欢的我
我喜欢的我是你看不到的我
你喜欢的我是你虚拟的我
你看到的我是我在乎或者不在乎的我
你看到的我不是我看到的我
我以为的我不是我看到的我
我以为的我是不断变化的我
我看到的我是我的戏里的我
给我换一个戏台便换一个我
给你换一个戏台我可能不是你喜欢的我
真我是现在的我叠加无限个不存在的我
昨天的我仍是我的一部分
现在的我仍是延续中的我
未来的我是未来无限个不存在的我中确定的一个我
过去的我现在的我都是我以为的我
我以为的我是一个个孤立的我
坟墓中的我才是一个完成的我

眼　睛

眼睛
以玻璃窗打开城市的堡垒
以距离建立更纯粹的连接
以缺席维持更久远的存在
相拥之后相望
会意之后写意
删除之后重建

眼睛
正对墙面
越过墙面
折进纸里
飞在空中
决定薛定谔的猫的生死
祈求未知给予已知力量

眼睛
在镜子里
塑像上
画中
几支颜料
几刀刻痕
自鲜亮至古板，从左到右
以精炼繁复，以平静浩荡

眼睛是眼睛的朋友
相互找寻，观照，确认
见过真实的梦，梦里的真实
见过沙起，没见过风
见过冰冻，没见过冷
见过海市蜃楼里的眼睛
没见过眼睛的眼睛里的海市蜃楼

复　歌

春去了
雨季一遍遍冲刷满世界缤纷
红的紫的一片片落下来
才发觉豆蔻梢头红裳紫裙
夏去了
黄叶飞落群雁飞离
一夕野火还一眼望穿
枫树成为黄昏后唯一的新娘
秋去了
铁马冰河之际身不由己
西风吹紧山棱
识得孰浅孰真
冬去了
煦光再一次拥怀大地
既不忍结束
又如何忍心说开始

春又归了
万物齐生齐呼吸
爱如此轻易
祝福里漫流暖意
夏又归了
流萤在院子里眨眼
星子在天上眨眼

谁人儿在遥迢的梦里眨眼
秋又归了
地球一个侧身
洋流一个逆转
便带走无尽热量陆上海上心上
冬又归了
该来的终究会来
即使你并不欢喜
不是蜜蜂就不能只埋守花粉里

井底世界

黑夜掩埋住沙漠最后的血色
唯有突岩高高的手臂举起
谁在用意志戳向阳的窗纸
窗外阳光灿烂
你却要使尽全部力量

我们不仅呼吸空气
同样呼吸阳光
可是空气空长在，阳光却不常见
我们像生长在高大乔木阴影里的灌木丛
任由阴影遮蔽一生

灯盏被黑暗点亮
被黑暗包裹，挪步不得
像井底之蛙
将外面的世界等同于井底的世界
一个沾染过是非的牺牲品的世界

愿所有的蛙都能顺利跳出井口
不再根植于朴素的幻想
愿泥沼中的青莲早日开出荷花
不再为繁华背负慨叹
愿智者信，信者智

囚 困

我们在梦里相望
却各寻温暖
我们都适逢谎言
却不由得担心谎言会结束
我们囚困在有谎言才有的理由中

我们相识时的暖阳沉睡在冷的底片上
就像湖鱼囚困于未知水域
是我永世跨不过去的疆域
天空中，白鸽衔咬着曝过光的底片
远远地飞向一片没有石头的白桦林

石头是我们今生共有的印记
既在你手中也在我手中
你丢手的刹那
石头在我手中碎裂
同着我的手掌一并碎裂

当九月不再怨恨十月不再愧疚
我梦见白桦林长在白茫茫水里
像一块望不到尽头的橡皮擦
擦去了鹰的来路和鸟的去向
也擦去到不了的殿堂

存 在

你是风中摇曳着的纸鸢
展开不过是薄薄的纸片
被重重推向时间的边缘
和万物一样熵变

你在零点的摇篮曲里独坐
手握半截断齿木梳
梳来不及雕琢的光阴
守护着平淡日子的更替

你在折叠的空间里思故
虚实概不从心
世上有无数对光面暗面
就有无数个向度交错的你

我们是逐流同一长河的舟筏
星的星海里的一颗孤星
沙的沙漠里的一颗沙粒
幸好你存在就无法被抹去

年　纪

打在扉页上的一抹斜阳
是你用别针别住的一页时光
风吹幽幽
吹少年的衣襟，青春的发髻
催熟了年纪

我们乘晚霞，乘大鹏鸟
在童话里跌倒
在梁祝里进进出出
剧本还在为我们续下去
只不过诱惑越来越少

望晴空的云两三朵
望北方的星三两颗
忆一次美丽的邂逅
忆一次脉脉的作别
过草堂，过诗雨，过静夜

水流汩汩
漫过梦的穹顶
漫过催泪的剧情
漫过童话里的古堡
漫蚀了未可言说的秘密

生 机

墙上的挂钟已经停摆
旧去的是否真的过去
一沓沓书一行行字
直教焦渴的嘴唇不语
寒冬有心撕开寒流
单薄的衣裳
留不住来自春季的余温
有些空乏有些凌乱
今生的雪前世的雨

布谷鸟盘旋在村口
唤起藏在字典里的谜
一沓沓书一行行字
写就掩在这扇门后的闷
零点还是支点
时光追问流水作答
新象踏着旧象
从海上捎来咸涩的气息
从地下捧起酸楚的生机

遇　见

行一程柳暗花明不需隐藏
恋一段清澈如泉没有瑕疵
煮过的青春煮作云霞一片
煮过的热泪煮作熏风一现

翩翩依依影子的长度
正是拒绝孤独的尺度
帽子里的独舞
不必多思也不该多想

青草湾胡琴声飞扬
你开窗的方向
海浪，花香，春暖
幸福的讯息似飞絮不断

同一个梦各枕一边
同一个人惹盼惹念
第一次调见
第二次遇见

冬 夜

夜的墨水洒向空中
漆黑了繁荣，露显出真容
亮的星勾勒起夜的轮廓
暗的水夺走明月的影子
轻轻地
黑夜拉住时间的针脚
使这片世界沉静了下来
静得只剩呼吸和等待
等待即将收到的祝福
等待心中的祝福传达远方
远方是一座执着的城
在被时光遗忘的日子里
变得沉默而凝重
在这个寒冷却深情的冬夜
或许只有暖暖的篝火
可以穿透他厚实的城郭
为他扫除腐叶和灰土

醒

由内而外生长的天空
飞鸟借过
由内而外生长的大洋
冰河隐匿

盛满的金樽盛满香醇
空着的金樽空着烦忧
从香醇到烦忧正如美酒穿肠入肚
物去甘流陡生愁

捡回一秋落叶一片
十片落叶十张秋容
你此刻的醒不过是展露你忆失的幻容
恰似醒着的枯竭的金樽

蝌蚪从十指缝间滑落
久远　眷恋　怅然若失
萤火虫干图画本里定格
发光　温存　永恒不灭

慢 慢

万里路凌波带
一步斗争一步放怀
爬山虎爬上窗
缓缓遮断入室的光

何须贪恋配饰的琼琚
让心中余晖光合作用在心中
忘却岁月里的旧石斑
凭一瓢乐事已足够一生温暖

吹去积在时光里的灰
将世界吹轻
给空无添色
让它向着真实还原

同一老地方同一扇窗
它简洁得有些不一样
恋恋飞絮飘飘的雪夜
裹着缕缕幸福的轻寒　慢慢

我和你

我和你是有心无心交错两个圆圈
我和你是朝朝暮暮依恋古井断垣
我和你是天上恋上地上彩霞黄沙
我和你是隆冬相互问暖枯枝寒鸦
我和你是两张脸一颗心落日朝阳
我和你是有时聚有时散雾霭山峦
我和你是晚星渔火烂漫一夜一夜
我和你是茶叶清水温馨一天一天
我和你是佳话传奇传颂一遍一遍

我和你（二）

我和你似绿梗上蒲公英一碰就散
我和你似青苔上白露珠一吻即干
我和你似人约黄昏不见举杯对月
我和你似夜会昙花一现止步流连
我和你似前生遇上今世高原普雅
我和你似花叶不能垂恋曼珠沙华
我和你似流星交会只得一面一缘
我和你似未完残曲仅限一丝一弦
我和你似命不同运唯有一吁一叹

船与年华

水银灯下一双情
脸对着脸唇贴上唇
小儿女把胭脂吃尽

三顿粗茶淡饭
撑一段爱的小船
虚度一段华年

见够繁华世界里的风雨飘零
屋檐下，院落前
卿卿是卿卿，清贫非清贫

卿卿是卿卿，清贫非清贫
屋檐下，院落前
见够繁华世界里的风雨飘零

虚度一段年华
撑一段爱的小船
三顿粗茶淡饭

小儿女把胭脂吃尽
脸对着脸唇贴上唇
水银灯下一双情

恋

为找到那星光下的恋
鱼儿在桃花流水中溯游
蝶儿循着余香回翔

在你向往的心中
乘着弯弯的星斗船
穿过暮色中彩虹桥

你是星空里的女神
久居万物的中心
浸染了大千世界的灵

浸染了大千世界的灵
久居万物的中心
你是星空里的女神

穿过暮色中彩虹桥
乘着弯弯的星斗船
在你向往的心中

蝶儿循着余香回翔
鱼儿在桃花流水中溯游
为找到那星光下的恋

微　光

黎明中微光泛着微雨密密绵绵
晨雾推动远天的山峦起起伏伏
千年的铁树终究不是开花的树
无所寄托的终究是一再的流浪
美丽的心情太短黎明望见傍晚
孤单单心思太长月半守望月满

丛林禁锢不住四面的鸟语花香
青藤牵割不断溪流的幽幽潺潺
你有你世纪前隐忍不住的怒狂
我有我世纪后欲说还休的不欢
记忆不再往复在秋叶横飞的街
约定注定留白这冰花四散的夜

朝　夕

一上午的雨淅淅沥沥万条丝缕
叼根雪茄任烟雾弥漫千愁万绪
人世间的事历历在目无所遁形
无表情的脸透射出了迷幻光影
屋前屋后鸡犬相闻吞吐着聒噪
早就习惯心烦意乱辗转一团糟

一下午的云优哉游哉飘忽不定
把心情放风筝出去画个抛物线
患得患失匆匆的行囊越背越沉
不如趁天明该留便留该扔就扔
路缥缈管他情丝多少青丝多少
人生寥寥失多得少你早该明了

玫瑰和刺

一张橡木椅子
在什么时候会被遗弃?
在两个灵魂亲近并厌弃时?
在玫瑰和刺彼此圆满时分?
在一根橡皮筋被拉断之时?

十指紧扣时，笑呵何粲然
人未老梦未圆，何轻何畅
而当时间染上一层层伪装
便只剩揶揄可怖的定义
贴满精美的裙裾像一个个补丁

两本不可读的书
何以相互装懂，相互需求
某些爱因为无用而可爱
无条件的爱，单向行舟
单向行舟，或可行得更远
抵达无困扰彼岸

太　冷

秋色美，美到心醉。
秋风凉，凉入骨髓。

我爱上这一秋的缤纷，
从此，
也爱上了世界的残忍。

永恒的睡眠

睡眠平稳，像筛子筛着沙土
有几颗顽石最后留在筛面上
是超越睡者的几粒安眠药丸

夜飞的人悬于半空
飞不出屋顶的空域
久久盘旋没有去处

风悄悄地从地下往上吹着
将房子吹成了一只盒子
一切都那么安静
夜持续降温

冰冻了盒子空间
冰冻了盒子时间
冰冻了过去式怀想，进行时滋味
盒子里的人太累太累

爱如何存在

当她害羞时
爱在她两腮上
当她亲吻时
爱在她唇齿间

当她遭受伤害
爱在她绝望的神情中
当她忍受分离
爱在她伤心的热泪中

当她白发苍苍
爱在她如新的记忆里
当她长眠地下
爱在她如故的青冢里

可是，谁知道
她爱的图卷究竟如何铺陈
她爱的滋味究竟如何咀嚼
她爱的溪流究竟如何延伸

你　来

你的不约而至
不知是有意还是无心
只见你
映在窗棂里的脸太美
美过院内一树桃红
和风间你的笑声太暖
暖过院外一泓春水
你来，
赐予我无限幸福
幸福从我的屋顶隙下
把满屋的娴静打乱
你来，
赋予我无限希望
希望从我的脚下升腾
将多日的苦闷掀翻

七　夕

清晨醒来，欣见燕南飞
花蕊捧起露珠一颗，梗住心一颗
七夕的爱最渴望
因为它被囚禁太久
渴望一夕绽放，在那鹊桥上
渴望永夕自由
让爱自由自在，在银河里徜徉

夜幕降临
有无数双眼睛把最亮的牛郎织女星窥望
点燃无限爱的幻想
欢畅的夜晚
微风融融，拂面沁脾摇裳
一只只河灯载着绵绵柔情在一双双手上轻放
只见白色的梦幻把每颗痴心引向遥远的地方

流 连

每一次遇见
兜兜拙拙两语三言
问候之后再见

每一次想念
用看一本书的时间
重温一个画面

你到过的地方我都去过
你留下的脚印我都踩过
我在追寻你的背影我的信念

不管你于何处流连
一定有很多美丽的蝴蝶将你留恋
要不怎么我一路遇到的蝶都是形单影只若隐若现

我常想
我如此天真，如此忘形，如此把空虚流连
一定配得上你苦笑的脸

问

对于擦肩而过的人
不够特别就不够可能
对于比翼齐飞的人
不够特别就不够久恒

是什么总是摇曳
摇曳你想安定的心不宁
是什么时时侵扰
让你安静流泪安静反省

是不是爱不够满
不够把幸福绕成圈
又是不是太贪婪
让你错失了故去的航

穿越时光
去遥远的过去或更遥远的未来要答案
需要答案
好在梦醒后继续梦想

她美丽的梦是月落波心
镜湖为夜行的轻舟而动情
他纯白的梦是海市蜃楼
沙漠因绿洲的轻吻而安静

红蔷薇白茶花

藤萝架上藤萝挂
百曲千回
偶有稀疏的阳光漏下

当衣裳一件一件摘下
再不见牵挂
空如橱柜里半旧的衣架

走走停停一杯茶
涂涂擦擦一幅画
抹去围栏描上流霞

停止喧哗
停止喧哗
轻声碰杯轻声说话
任这曲中结在我酒杯中融化

无声无瑕
无声无瑕
红蔷薇白茶花
任它四季风吹枯我的发

与这个世界周旋

没有屋顶的花园，懵懂不知醒
除了说不清的情爱，还有诉不尽的泪水
除了摆不平的怒愤，还有巉岩般的坚韧
除了翻不去的冷眼，还有针织般的周旋

她独坐夜十一点街边
失声痛哭
城市的儿女
你来我往，带走没有谜底的谜
只有旁边一棵法国梧桐了解她的委屈
街灯在她的头顶下着褐色的光雨

他俩吐着伶俐的方言
吵骂，撕扯，殴打
正气方正以“正义”的气势压倒弱方
自觉震服路人
他俩双手捂头，下跪讨饶
围观者互送对方一对白眼

她从城隍庙东门出来
掏出准备好的零钱
搭公车赶回乡下
用三个下午祷告

不能诉说的日子

用看得见的光阴去跨那高高的门槛
并准备摔出一个巨大跟头
逃亡之路始终冷清
犁不出伤口
便不能开花结果
不朽的歌镶在不朽的框内
且最终会消融在你跨出门槛后的碎裂声里

追忆似水年华
那些不能诉说的日子
高过了金黄的谷堆
也高过了南方的幻想
只有在无人问津的房间
日子坐着一动不动
桌面、稿纸、水笔上挤满灰尘

不知何时起
走过的街巷，路过的石楠花
它记住了我
也不知从何时起
有一块石头开始孤悬心上
它既不让我有所期待
又不让我停止脚步

我只知道
石头落下的一刹
不亚于洪水冲毁堤坝
海风撕毁白帆

缘　分

缘分
是同坐一趟列车的风景
有互称过“我们”的风情

从陌生的寒暄到毫不虚掩的倾心
用力爱过曾经，也伤到无心
最后还是云淡风轻消失无踪影

都说岁月催人老
银丝袅袅满头绕
原是一棵含羞草在清晨
转眼变成一株忘忧草沉浸在黄昏

偶然与偶然

记得那侧脸的眼眸明亮又透明
还属于某个远远的城外的年华
最难被记住的
记住也最难忘
莫给逊色的温柔
莫予落地的甜果
莫放开树枝的手臂，成为落叶
欲留还未留，似有还未有
词不达意竟难留
默不契意难拥有
烟花万重难抵偶然之月照
月落睡意蒙眬之间
梦伸出长长的触角
一会儿将时间拉回从前
一会儿拉向泡沫里未来
一会儿将两次偶然拉到一张画面上
偶然的你和偶然的她
不宜快不宜慢
两团火烧到一块才完璧

书 签

飞鸟匆匆
却永远停留在我最喜爱的相片里

美丽是如此简洁，如此短暂，如此仓皇
靠近时，它是心底升腾的篝火
别离时，绵绵思念如狂风暴雨般措手不及

最难忘的瞬间
像最美的书签弥留心间
像最醒目的刻度线度量着久别的距离

流星匆匆
留给原本孤寂的下弦月一个更漫长的夜

爱恋是如此曼妙，如此偏执，如此弥坚
相聚时，有无限慌乱聚结于胸口
不见时，又无数次想起她的发卡

最无妄的思念
像最美的书签悬于心田
像最圣洁的皑雪寒气掐住每一次呼吸

遥　远

她的心静若幽潭
投一颗石子进去
也掀不起半点涟漪
她的爱星光微微
宛若隔绝在亿万光年之外

每当她掠过陆上如冷锋慑慑
乌兔便乖乖蹲栖
每次她漂过洋上似冷流哗哗
鱼虾必纷纷遁逃

她喜欢陌生的街巷
陌生的旅店
陌生的物华
她是如此如此遥远地
拨弄着追求者的眼线心弦

这就是她
凉风中的水莲花
蹚水于现实与梦幻之间的浅滩
一种可远观而不可亵玩的姿态
兼有股凡尘不解拈花意的幽香

一只一双

自由是一只纸飞机
飘飘洒洒，只是少了分享和亲密
幸福是一对纸飞机
快乐通行无间，并不时相互致意

幸福是轻盈并且安详的
幸福的繁殖也需要一个培养皿
那是有爱的一方水土有爱的一方人

清闲是一杯咖啡
孤单是一个人的孤单
幸福是两杯咖啡
知音是两个人的缱绻

每个人都为自己搭建了一个封闭的世界
过眼云烟，成不了我生活的一部分
挤进我生活的，他们才是我的生命

优雅的信念

烈焰灼开裂痕
在火炉里面
遥远的深刻的短夜
暗笑远去的无知的誓言

没有愁哪来镜中得霜
没有泪哪知韶光倾斜
却别葳蕤的蔷薇
却别蔷薇懵懂的开放

磨灭一半青涩的腼腆
收获一半优雅的信念
舞动的枝条，舞动与冰雪
静静消融不让春来的精灵发现

不去挣扎才不会沦陷
放开手
抓住另一只手在另一片天
私语窃窃用另一种语言

旅 行

车窗外的世界纷纷消退在眼前
感受这冥冥中时间旅行
一路风景虚晃时间之门

日月星辰海潮生
也曾追逐繁花似锦
也曾欺骗过青春

一片一片山间野花热情奔放
一株一株乡间棉花热烈轰响
一波一波田间麦穗热浪滚滚

游历过多少陌生脸庞
闻过多少处青草香
用尽一生追寻一处自由港

那落霞前，是谁留下一支钢笔和一把木吉他
旅途中的人呐，皆有颗冻结的心
深藏一株山茶花，深藏一个她

记　忆

当你将流水的往昔串一起
串作一串念珠
挂在房间最醒目的位置
任其湿润，滴着水珠
将牵挂写成文字
写在刚被雨水洗过的天空
写成一道弯弯的虹，只有你看得见
写你被流水洗过的记挂
当你坐在房间最醒目的椅子上
像一张贴纸，记录着过去
像贴在山洞潮湿石壁上的蝙蝠
所思考的事情都是湿的
从而感觉到空气是湿的
衣服也是湿的
你反复体验着这样的潮湿
虽然没有人认为这是美好幸福的事情
就像他们抱怨清晨和傍晚的露水
打湿了发丝和鬓角
当你起身，踱步，咳嗽
墙上的念珠就跟着摇晃
空气就跟着摇晃
只有在这个时候
你才能感觉到属于你的周遭
记忆和咒语
像挥之不去的影子，成了你的一部分

昔日问候

心上堆积的厚厚尘土轻掩似近非远的
一圈年轮，一段凝望，一盘棋局
而最终接住那个飘落的年代的
是一盒纪念品和一份纪念日情怀

这条很久没人走过的路
欲望已被野兽叼走
而那座被无数双脚翻越过的孤峰
是那只叼走欲望的野兽

狭隘匍匐在狭隘的沟壑里
崇高端坐在崇高的堡垒中
来来去去，雨中漫步的人
与雨中行走的向日葵互不相干

当目光衬托起的新的渴望乍现
被渴望焚烧过的田野便有了全新的内涵
昔日融融一去经年
却仍可用耳熟的字句再作一次陌生问候

我只要一颗种子

我不要多浪漫的花房
我只要一颗种子
种下这一颗种子
长成春风吹又生原上草木
扎根我心中荒原

我不要多瑰丽的花环
我只要一颗种子
种下这一颗种子
长成长河落日圆塞上风情
拂去我满面尘霜

我不要多绵长的花期
我只要一颗种子
种下这一颗种子
长成你侬我侬多情词句
任斜阳向晚，浓情不散

我不要多绵延的花海
我只要一颗种子
种下这一颗种子
长成冬去春来爱情故事
至韶华将尽，海棠依旧

暗　流

迎着光一路向东
还是那个倔强不死鸟
飞蛾扑火
青光再次刺瞎它双目

在虫鱼不生的不毛之谷
双脚被石块冻住
冰山不释
涉深的迷局蹚不出

乌江水不留
汨罗水不复
匆匆来匆匆过
亦非花亦非雾

志趣不投
暗流不守
来不及再回眸
幽咽的青水已哽住了喉

落　幕

远处夕阳背光的一面
几棵香樟树的剪影
墨漆般深深的影痕
像一幅雕刻画镶在天幕下

天越来越沉
其厚重不可言喻
犹如守财奴丢失了全部的家当
悲喜全被挤到地层以下

如此暮色下
朔风苟延残喘，地气蒸蒸直上
如此暮色下
有位厚德高僧伴着夕阳坐化

侧耳，隐隐听到大地在啜泣
似乎在控诉些什么
或许只是落幕前的悲怆
想挽留，无所留

夜幕完全垂下去的刹那
我沿着漆黑的楼梯奔向地下室
水珠滴在我的面颊上，溅开
我的手摸向旁边的开关
它们已等待很久，还是太晚了

光与影

光追着影
秒针追着时针
黄昏追向黎明
江河追向海洋

春有热烈的花
冬有沉寂的雪
云在它的视线方向
直把海潮看穿

流星，短暂的慨叹
它的翅膀在飞行中磨失了
它的坠落也似飞翔
冷色系的光不妨碍投射岑寂的希望

我怀念被遗弃的光影
没有褪色反而更添温暖
我怀念被遗忘在草丛中的蛐蛐
它们不再扰眠反而平添几分梦的香

归去来

在夜幕里走着走着
天就亮了
在雨束里行着行着
草就绿了

悲喜常交换，思故在异乡
走得匆忙必行念想
只有你快乐
黑夜与白天的界限才会黯淡

寄浮思于流黄
苟落魄于沉江
浅薄晦深两不望
各向异性最无常

又见你青春欢畅穿行于榆荫柳巷
又见你神色飞扬独行在山丘峰峦
归去来兮草青黄
只见青山不见浮光掠影的容光
只见流光不见流金失散的忧伤

长大的玩具

有多少水流过，就有多少沙堆积
有多少颗流星在夜空滑过
就有多少个心愿被风刀划破

花期花香多浓，怀念便有几重
直至故事尘封成酿
呛得热泪滚滚成线

古老的抒情遭遇危机
喧闹声来暖我的肠胃
时间被切成一块一块，蜷缩，卷起
成为胃里一份快餐

小时候的玩具陪伴我们长大
我们的玩具越来越立体，堂皇
越来越像座房子，我们住进去
被它玩

花　火

情话见于闺匣
见于青涩年华，见于羞涩面颊
而今青春皆丢予曾经风华
华年在华年的葡萄园里劳作
但见悲从田畴出
不见伊人昔日风采
或许该怪时光不够弯曲
怪未来太正确
怪注脚不够紊乱
有花季节我们期待改变
面对无华年代的不适
又渴望回归一成不变
我们是复杂机器
却操纵复杂机器做着简单的事
每天打磨着欲望
生怕欲望扰乱对世象的判断
让理性露出来像剑一样尖锋
不管刺向哪里都是对的
结果，我们再不见花的火，只有火似花

街　灯

我是街灯
我以为我就是光明
可当我出现在画作中
我却成了别人浪漫的陪衬

我是街灯，我也会有寂寥
眼看脚下的杜鹃开得艳
眼看身旁的梧桐长得茂
眼看头顶的黄鹂停于肩

我是街灯
我喜欢她从我的光晕下方经过
我其实更渴望能一直将她笼罩

可我是街灯
没有随心所欲的自由
更没有向她表白的语言
我只是街灯
除了坚持等待又能坚持什么

我是街灯，我也会有烦恼
眼看被风雨被冷落
眼看被拆卸被取代
眼看被抹去被她忘掉

我是街灯
我以为我就是光明
如今我呈现于这样的诗页
就这样披上了守候、孤独的诗意

采 薇

采薇采薇
不落寂寞不知回味
采薇采薇
风里雨里自浊自悲

星很灿烂心却憔悴
墙角里二十朵玫瑰黯然败颓
几度犯醉几度忏悔
单纯的灵魂向黑色空间跌坠

爱要爱得纯粹
就像冰与火交汇
恨要恨得干脆
就像以火燎毒般尖锐

记忆没能和日记一并撕碎
暗夜里的那次对话又在午夜梦回
面具罩住的错对
孤独的人经营着残缺的完美

秋　韵

闪烁指尖娇艳的时光
托举着你的身子
你读出怎样的色彩和讶异
往来的四季凹凸有致
挤压着你一心奔向明天的欢快的双脚
挤得无足轻重

当四周的街道变得陌生
道路两侧繁茂的柏树变得陌生
街道上越来越炫的车辆变得陌生
于是，你自然而然沦为一个陌生人
气氛变了，秋韵也变了
变成了公开的秘密，一百双眼睛的注视

你像被缚足的两足动物
在上帝的伊甸园游荡
不敢越矩，不敢打破它的平静
看不见的风暴终究战胜了你心中的风暴
你心中的秋韵像一艘沉船
停止消融的雪山加速着河流枯竭的进程

忘了收回飘远的云彩

忘了红叶的故事
未赴的约定
忘了百叶窗外面的季节
迷迭香摇摆
忘了拿笔封住思念
去年桃花从院门中飞了出来
忘了熄掉天上的月亮
水面亮起地上的月亮
忘了昔日庄园失落的确切时点
她竟偷偷从无数不知名的地方浮现
忘了收回飘远的云彩
竟下了一夜流星雨
铁栅栏四立
困守不住向往着自由的藤蔓
从一片海游向另一片海
用我替换你
用你替换我
用这片海迷惑那片海
不知道没有祝福的星海是会更亮还是更暗

传 奇

她是沙漠里沉睡的古楼兰
以钗头凤之名唤醒遗忘
古道横，云曦轻。马蹄哒哒，万种风情
紧紧抓住隔着朝代的月光

她是世代相传的悲情离骚
用一个想象去丰富另一个想象
金濑投，吴剑挂。鹃鸟啼红，击筑悲歌
死生冽冽情意绵绵空一悲

传奇是来自民间的帝王
生旦净末丑，宫商角徵羽
种无限可能于纸上

生活是剥去了想象的诗雨
未经演义的传奇
无法追究，没有答案

生活是氧，透着无味的平淡，内容是倔强
传奇是糖，覆着天然的甘饴，下面是感伤

日　记

旧的日记本，已堆满灰尘
被遗弃的旧时光
如同遗弃在储藏室的酒
明知不会再喝它
却还是会忍不住打开瓶塞
嗅嗅那快被遗忘的留香

我拾起旧日记
若有所待地翻看着
仿佛爬上一座死火山
一眼望不穿的是韶华过后的忧伤
一眼望得穿的是曾经记忆的荣光

当我合上日记本
又像是尝到了陈酿的酒
突然有种莫名的满足感
或许是因为我也曾经拥有过
拥有你的故事
特别是有你的欢乐和眼泪

拥抱与离散

谁能在矛与盾的撞击声中抽身离开
在热情和冰冻交替着的季节里酣睡
前舟驶出骄阳的岸际
摩擦着浊浪和浪花的日子
像琴弓擦着琴弦低奏拙音

世事浮，月满则亏
金莲般拥抱，大观园般离散
一颦一笑一顾盼
畅听畅观难模仿
惟忖思与奈何周旋

水罐里的水，温柔的水
白天澄澈，夜晚静谧
一直在擦拭，一直在书写
书写在合欢树左右摇摆的童趣里
在影影绰绰上下翻飞的蝴蝶的记忆里

犹如时代碾过的辙痕
岁月的细纹越折越深
心中的一丁点灵犀
消耗于拆解矛盾的结
分辨初春出门和隆冬出门的区别

网

西风吹散山岚像网
梧桐抖落水珠似雨
山路一直塞着
眼睛一直醉着

一株桃树深锁院中
高饮风花雪月的酒
等待雁南飞
等待南风吹醒迷醉的眼

那边，鱼儿上浅滩
木鱼敲花落
繁华指尖流
错过碧潭也错过繁华

这边，绿水绕青山
无人去问那山外山
纤尘模糊了镜中少年的脸庞
至今守着万年的石头不开花

行路难

谁说
天际没有天使精灵
谁说
自由没有终极界碑

谁的二十岁
谁在弱冠之年梦碎
谁在夜间碰杯
谁在无花树下邀明月

至星河流失
盖慨叹
行人刁斗风沙暗
行路难　行路难

草边虫在耳边吟
风中月是眼中雪
冷夜　霜冻　烟凝
苍茫无言以对

你从昏黄岁月走来
依稀了轻狂不羁
寂寂一泓清潭
沉淀下多少情深意切

你从山中夏夜走来
冷却了空气热度
幽幽一脉清涧
流泻下多少浓情蜜意

一月望十月
流金不知不觉地消磨
春望秋　夏望冬
行路难　行路难

回　归

有些云不请自来
有些结不解自开
有些事不关缘由

不必空寞
把外面的世界关在外面
把里面的世界锁在方寸之地

无须怯懦
越下沉
只会背负越沉

冬天正在死去
请卸下一世疲惫
开启新的轮回

春天如期而至
就要桃红柳绿
百花香泻满园

更不必等待
以抓住春天的精魂
回归久违的清明

不消说
浮沉有道，回归本真
存在即是真理

一本书

一本书带来两场雨
雨在空中下
雨在田间下
一本书唤起两地风
风生原上落日满
风滋湖中月成双

给一本书描一幅画
百里香，野花藏
木石颙相望
秋水裁，暮光埋
霞落画框外

给一本书导一部剧
导你的落影它的温存
导你的落空它的牵绊
导致剧满，书本合上
忻然怅然分落到另一本书上

读一本书，读另一本书
读它们的繁音无常
读它们的意味深长
读着，白驹呼啸而过
读着，新雪落满旧雪
层层叠叠，承载千年

经　验

把飞行的子弹留给胸膛
把一世的功名留在狼居胥山
永不落日的理想国里
只会每天上演叫作围城的剧本

我的心曾经悲伤七次
阿 Q 的荒诞算不算荒诞
堂·吉诃德把小酒馆当作梦工厂
唐璜一生游走于世俗边缘

后山面壁九年
够不够得到神坛的光
红海一千年不变迁
一朝只为流浪的信仰开荒

迷失的飞鸟
迷失在挪威的森林
假如某天收到一封陌生女人的来信
也许烦恼会像少年维特走得干干净净

没有天生黑白
就没有原本无意义的活着
没有那座叫作斯皮纳龙格的绝望的岛
也许就没人愿意用经验的针去缝那破旧的遮阳伞

希　望

就像所有错都会被时光悄悄原谅
枯萎的高冈上，青青草又绽放
一只乌鸦从沼泽地飞出
带去阴霾，一路滑翔

天上弦月，天下拂晓
天上的虹是地上的桥
黑漆的山烘托起雪白的岚
雪白的岚烘托起耀眼的佛光

高瓜在水中不停抽芽
是为探头一望溅起的水花
隔着夜的朝阳
似在耳边心头空空响

那些散去的阴霾
新的纪元就在其中打开
你是否准备好
双手合十，祈祷……

少年，地上

左右顾喧哗，承认琉璃、砖墙和铁栅栏。
低头看前程，去交运老鼠、蟋蟀和螳螂。

别渴望飞翔，稀薄空气可是会让你昏眩。
别渴望天上，那里可没有你歇脚的地方。

探索吧，少年，把拳头握紧，扬帆破浪。
努力吧，少年，把白驹套牢，读书破卷。

脱掉虚幻的外衣，卸去虚拟虚荣的光环。
牡丹花香需要洛阳土壤，你才是那土壤。

感　伤

两个月亮的夜，把天堂和人间连线
温柔的夜无眠，星海多了张温娴的脸
今夜幻象重生，尽说那故事在昨夜

半亩方塘半亩荷床，铺十里香
今夜注定无声，无声更胜有声
谁的弹奏配得上今夜的熟悉和新鲜？

谁？

今夜荷塘的主人，一只蜻蜓远处，抖翼低回
清风悄悄掠过身后，清愁趁机溜之心头
事物太美好，也会伤感

悠悠尔思

云雀欢悦树巅，闻而不见。
夕阳低悬天边，摘之不及。

烟云轻掠山峦，悠远悠远。
细流穿行峡谷，悠长悠长。

少年倾心天涯，花开陌上。
迟暮叶落故里，拄立陇端。

星光遥似目光，雪白明亮。
此心胜似彼星，不忍言明。

纸　上

你有一团火扑灭在纸上
词也寥寥，音也疏疏
指向半空虚无

今日的贫穷和饥荒
全倚仗这纸上谷粒，果腹
却难撑起一条窄路上的富足

纸上的世界古老又清瘦
给一只乌龟驮着
一如它来时驮着洛书

你以为它是风雨无阻
其实它是欲说还休
于富足中形瘦

这个冬天应该很暖

这个冬天将有很多故事发生
比如北风一不小心吹醒一个剔透的黎明
一哈气天气就变晴
比如学他孟夫子踏雪访梅
去松树林打一天猎
哪怕一无所获
还有那等待开揭的陈年故事和酒
还有猫在炉边磨蹭它的时光
还有岁末烟花乱舞
驱走干冷的空气

那个时候，获得温暖将变得无比容易
比如互致一个拥抱
解放一份思念的热
比如搬张凳子到阳光下静静坐着
给远方的人寄一张卡片
虽然只有一两行文字
或者堵住一个漏风的窟窿
或者将炉火扇得旺一些
或者挂他个满街满巷灯笼
放眼望去好似无数个盛放的心愿

一夜之隔

她的太阳你的太阳只一夜之隔
她的蔚蓝冲淡了你深蓝色的忧郁
她的甜蜜融化在你悲伤的歌里

你沿着石级孤独地向上走，走到山顶
在靠近星星的地方，倾听星辉的浪漫
星星的语言是两个相爱的人的语言

黑夜像放错了地方的森林，辽阔又彷徨
你敲碎无数个彷徨的自己
留下一个最轻的你
因为你想穿过这黑夜的森林

你想穿过这黑夜的森林，去迎接
无数只飞舞的白鸽
无数个恬静的午后
无数载幻想的春秋

灰 色

灰色的年轮
沾染黑夜的冥冥
沐浴白昼的莹莹
月影婆娑，桂影斑驳
由浅入深，又由暗转明

历史很血腥也很认真
时间很和平也很无情
如何辩驳？如何重申？
功过是非从来都是众说纷纭
开天辟地一族从来都是默默无声

你脚下的土地，土地下埋葬的鸟的羽毛
那些你听说的不曾听说的
那些被说成神话传奇的
还有那些真假难辨的
若浅若深，忽暗忽明

在天光消失之后
在雨季来临之前
万籁俱寂，天空灰冷
人事代谢，纷纷种种
这一片淡泊的灰色淡泊了来去过往的分明

邮　票

记忆中，长城是一枚邮票
打着戳印
准备寄给每个扎根于这片土地上的人民
从此代代传承

长城不仅是长城
这是一条奔腾的河
不知埋没了多少往事
这是一幅民族的卷
蜿蜒曲折而又绵延不尽

长城，华夏烽火相连
堆砌了三千年风雨
化作一道流苏昏黄
万木青葱，如巨龙盘桓

在每个炎黄子孙的记忆里
它远非古迹，远非人类奇迹
它与我们血肉相连，密不可分

它曾种下一个个英雄的绮梦
英雄的魂尚在
看，长城两侧丛雾袅袅远上云霄
这白天的轻盈拥有黑夜的厚重

它始于雄风，抵不住雄风
它始于血泪，拂不去血泪

余生，我只愿远远地瞻望
不忍再打扰它被血泪尘封着的安详
也不管流落何方
这枚旧黄的邮票
定会死死地攥在手心

彷 徨

秋雨海潮相映凉
梅花青松共依寒
这般着盐
这般含烟
这般近人乃见山之远水之长

三十驰流光景轻之又轻
像穿过佛指的束光
空空合掌
岌岌成惶
沄沄乎乃见孔雀之东南

莫叹它心未移神先惶
矢志不夸尽付甘苦谈
最道是脂浓粉靓
最道是字浅墨香
迤逦浓情最难唱

寻寻觅觅中得彷徨
如这架古董行内留声机
洗耳的乐声留给了记忆
记忆的吻痕留给了秀发濡湿的你
你的格格不入的依稀的伪装

经 过

短暂的漫无边际的梦经过你枕边
醒来已记不起那是怎样一段泥泞的光阴

一处水草丰美的池塘经过你童年的快乐时光
多年之后那里已经建成一座工厂

你的时光如老屋后的竹林在生长在弯腰在干枯
你熟悉的世界正在渐渐老去

原来记忆像连环画是一段一段衔接在一起的
犹如你经过一处又一处的小桥、小店和小酒馆

生命总是比一道数学题更复杂
也许是因为生命难以抽象，建模，化简，分治并求解

复杂的世界不可以像礼物一样将她带着走
只能相互经过。比如我经过你，你经过我

狮子纪念碑

钻石宫殿往昔不归
倔强不再倔强
愤怒的箭头
将最后的高贵
刺倒在地
高耸的头颅，冽风的威严
自此成为历史的前一页

来自琉森的狮子
它的盾牌和长矛依旧拱护身底
面部的悲恸依旧完整
尊严若此石刻雕塑一样古老
一样无声悲吼
狮子纪念碑
狮子纪念碑
它的死去并非箭矢所为

进 化

山羊在海里吃草
鸟在海里筑巢
鱼长出脚，野猪吐着气泡
——这是大海的强迫症发作

我从崖石后嗅出谄媚和讥笑
鱼虾发臭，像在服软
无辜的日常正遭受肢解
尸体漂浮，光线与光线相互冷落
名字被迫分割
高尚隐藏在碎片后面，自我归档，偷笑
恐惧同步

我很想说
那艘船缺的东西还很多
缺燃烧，缺食材，缺路人的施舍
缺锁链，将那只偷吃月亮的狗套住
缺天使长的大印
可是，已经来不及了
基督的难民奔涌而来

确实来不及了，沉默已然被打破
这是破坏者的妄行
天使长被杀害。满街是罪人

月亮被另一块石头取代
我的小船被没收，所幸肉体还在
至少在夜晚，我一息尚存

大海，帮凶
夜终于降临，我从诅咒中苏醒
像从另一个世界崛起，被另一个灵魂炙烤
却无法从撕碎的名字中读出自己完整的脸，日常的脸，人脸

象征主义

正面看过去是爱着你
反过来看是爱着自己
好吧，就让我们同时爱着
爱情这棵树长出的一片叶子的两面吧

我们在淤泥的河床上仰望星空
水很近，星空很遥远
水位慢慢上升
星空渐渐模糊

对花过敏，是不能爱花本身的
对爱过敏，是不能爱着爱本身的
我们假借爱着它的衍生品，象征物
浅浮地爱着，浅薄地自得

我们爱着心形饰品，爱着示爱的言语
爱着水中的影子，正如
诗人爱着满日象征的世界
国王爱着他的皇冠和权杖

他看见了什么

你把头埋进泥土
数念着开一春桃花
再一春梨花
再用一个春天时间凋敝

你是天堂遗落的一滴泪
狂风般卷入人间，又如沙般风干
别人的乡愁在故乡，你的乡愁在四方
在青海湖咸涩的湖水里

你把幸福装进口袋
将油灯和星辰放在一起
将繁花和诗本放在一起
附身于大地，穿行如日月

我在你投在地上的影子里，彳亍日夜
你永远饱食，我永远饥肠辘辘
在天堂最后一缕阳光照进大地之前
一个声音不禁惊呼——
天，他看见了什么？

木　屋

云中的小木屋赋闲阳光下
林中的小木屋荫蔽清冷中
飞鸟飞鱼
在天地的廊间萦回
松鼠灰兔
在猎人的领地觅食

群山幽闭的沟坎里
有万米高空下沉的清新气流
贫瘠的山间土壤
迎来瓢泼灿烂的樱花四月
书页翻过去的日常
一边绽放一边慵懒

窗在心中山在窗中
无论近与远
隔一扇窗隔几重山
晴空不分别东方西方
迟钝的人看见空气中尘埃
匆忙的人越过生活内玄幻

快 乐

快乐靠近海面
海面波光粼粼
快乐穿过旷野
旷野遍散金子

快乐的空间蕴藏着
圆的方的各种形状的宝藏
和绿的紫的各色的珍藏
伸手可及，抬眼可望

快乐的时间跑得太快
甚至光照不出她的影子
又似乎走得太慢
因为快乐的时光机几乎停转

快乐是
查理走进巧克力工厂
是安娜走出冰雪城堡
快乐是
平安夜孩子们小鞋子里的糖果
是打开每一把锁的万能钥匙

远　行

还记得
那些日子每个都有名字
每天快乐总有富余
可是现在
空乏似秋天的莲叶
软软地躺在浅水的淤泥上

还记得
那些日子风筝在天上翩跹
孩子们在麦田里捉着迷藏
如今的你
在十节车厢的列车上颠簸
像个空归的渔夫

是时候离开了
带上你全部的碎念与幻念
直把这一座空城留下
远行
到一个陌生地方去
隐没你的乡音，隐没你空虚的落影
让一切从新，一切如生

低　头

九月的黄昏
沿着乡间小道一直往前走
只见田垄上矮矮的大片红高粱
只有几棵桂树高高在上
一阵风吹过
高粱低下去的刹那
只见一块块斑驳的血色
与西天的云霞连成一体
一切是那样的自然又不自然
田间袒露着紫红臂膀
辛苦劳作的老农
衣褴褛，面古朴，挥汗如雨
谁会去想
古老土地上发生的一切
一切都未曾改变过
某些亘古不变的定律
让生活与生活变得习惯
谁会去想
时代的快与慢
唯愿
风不会永远不止
头不会一直低下去

朦 胧

原本玲珑怎朦胧
原本轻盈怎沉重
时光　一望再望一送再送
云烟　如画如纱似醒似梦

一轮红日落升西东
也不顾盼也不纵
一语承诺融化一个冬
万般情重在其中

细流涓涓曰无穷
了却凡尘曰成空
欲风欲雨欲不冻
载玉载石载不动

某年某日某一片天空
一汪秋水倒映一段虹
追风筝的人追影踪
始终无心始终懵懂

深邃的花园

世上有众多的深谷和沟壑
都出于大自然的鬼斧神工
而这些壮丽的景象
大多数历经百万年之久
集各种要素于一身方可成形

假如人心可以摊开
一定也是千丘万壑
悲喜交织，阴阳对半
可怕的是，此山河雄浑之
变迁顶多百年而已

思想同样如此
狡猾的见一座山说一座山
智慧的心中有群山作参照
圣人清修悟道的地方
他的花园也会变得深邃起来

生命的咏叹

冲浪者，逐浪而来
在海天一隅，踩着深蓝色的一角
水雾冲天，涛声隆隆
置身风口浪尖的弄潮儿
时而乘势而上，时而疾驰而下
有如鲤鱼闯龙门
风生脚下，风驰电掣
这一刻，生命和巨浪
一样澎湃一样狂涌一样疯狂
这是与大自然零距离
与风神共舞，与海神角力
而当浪尾冲过浪尖，滔天的骇浪
像一匹脱缰的野马极力要甩掉它的驾驭者
剑拔弩张，步步紧逼
最终愤怒地向前跃起翻滚扭成螺旋
这个时候，屏住呼吸吧
等待被强大的对手掀翻拍打吞没
浪花散去之后
再浮出海面，迎接下一轮挑战
就像那老人与海，倔强不止
一切狂浪而激越，绝美而悲壮
令人胆寒，又令人神往
这——不正是生命的交响曲吗

红　叶

西风凌厉烛火寒，红叶霏霏扫秋池。
客心未泯愁未眠，待取冬雪迎春至。

我望着云，你不说话，于是我是云
我望着雨，你不说话，于是我是雨
我望着你，你不说话，于是我是你

东风轻徐水草暖，花开朝夕芬芳始。
画笔画板同相亲，便是春日私语时。

你望着云，我没说话，于是你是云
你望着雨，我没说话，于是你是雨
你望着我，我没说话，于是你是我

雨

一连几天的秋雨淅淅沥沥
下得无缘无故，无名无实
不知带来了什么
又失去了些什么
真真雨丝如情丝

人一生不知要经历多少雨天
可是雨天里发生的事却最易倾肠倾世
也许这才是雨的魔力
雨有着通向人的灵魂的通行证
能裹携着耐人寻味的世间事寄居其中

一个人的雨天
更像在一个隔绝的尘世
随手可捞到一些似是缥缈的东西
比如雨中的丁香雨中的愁
比如一个同在雨中的陌客

天黑了，泛黄的街灯亮起
雨水依然倾扫着天空
雨中缓缓行走的人们
紧盯着漫过脚面的积水
像一个个佝偻，像你像我

凝　固

战车装甲集结在广场
警戒着她的红旗飘扬
可是望不见一丝忧伤
忧伤被刺骨寒风冻僵

在那硝烟弥漫的战场
人们伴生伴死伴家园
在这精神枯寂的年代
拖着无足轻重的你我

你已不是你
中空腐朽的梧桐
倒在无情岁月的刀锋前
再也筑不起沧海桑田的恢宏

我亦不是我
琥珀凝固的纪年
不再任凭风化变迁
只留存一份古老遗愿

线 索

推开窗
从鸟的语言里得知黎明至黄昏的线索
循着线索
又匆匆赶往下一站去弄清风起的缘由

谁在风声中奏鸣，回声飘荡
像迷离中美丽的谎言
时近时远，抑或近抑或远
令人不知所措

亲手垒砌一块块青色条形砖
从脚下一直铺向崛起的黎明
并在这通向未知的单行道上
亲手剪下每道黄昏下的背影

一切戴生命之光之物华皆属偶然
白栅栏、白鸽和白色的巨型风车
在黎明白雾的轻抚之下缓缓现身
又在黄昏的茫茫迷雾中匆匆退去

真　相

从门缝钻进来的
簌簌暗尘
铸就这喃喃不休
百年孤独

乾坤混沌
黑与白无间无差
看不见灯
即便揉碎真与假

阴阳交错　祸福交替
试着去造梦　试着去解梦
黑发白发　各引无穷变化

暗尘无处不在　虚无无处不在
真相　夺墙而走
真相　一击必溃

猴面包树

天外的树，飞来的树
没有年轮的树
一头扎进沙土，无休止修行

马达加斯加的风喝醉了
酒瓶子散落一地
旅行者迷路，象鼻虫打盹

草地正在给空气加热
远处的人形逗点般歪歪扭扭
就快点着了

热带草原气候是这样
树喝饱了，人在干枯

一辆老式山地车疾驰而过
狐猴向猴面包树逃窜，目送

掷

暗里着迷只对
投掷在你身体里的我
这一出足以令一方空气崩裂的豪赌
你不可以无睹

有些东西微不足道
风一呼啸，便头不回地走掉
有些东西千凿不破
无须挽留，毅然共你到尽头

吻过大地，吻过雨露，吻过阳光
吻过一切孕育生命的迹象
这生命经过的吻因此成为
沉沦之吻，寥落之吻，依恋之吻

温情脉脉暖流不息
暖情蒙蒙长驻不憩
不是幡动不是风动
是掷在生命漩涡内的吻在扰动

最后的静止

清晨
信件来自远方
哭声来自摇篮

午后
响雷惊醒睡床
木桥钉上铁板
流水的臂膀
汗水滴入土壤

黄昏
一来一往两个过客
一个是风餐露宿的天涯人
一个是风尘仆仆的归人

夜晚
佛前香灰堆满
僧者枯坐成石像
打坐诵经参禅

子夜
没有风
果实熟透落下
静止且安全

天鹅之死

黄昏来临，秋风荡晴空
请抬头看
五彩蝶舞在紫色云端
那一刻
雪绒花弥漫整个河谷
给予我们哀乐的世界正缓缓谢幕

乌云压境，暴风雨来临
请打开你临海的铁窗
海燕正搏击着风浪
那一刻
我们忘却了快乐和忧伤
为一种更复杂更无法捉摸的东西催化

为生的自由死的独立而战的天鹅
萧萧然倒在白雪覆盖的大地上
阒寂……
唯有这阒寂这最后最长最久的引吭

飞　鸟

不在乎星河影动
不在乎天高地厚
栉风沐雨，餐风饮露
旨在超越头顶的高度

波澜不惊非丝竹之闲
惊鸿一瞥非一日之功
静有今朝动有明朝
正气长存宇宙长新

转街过巷时逢拐角
愚者千虑必有一得
前路漫漫偶发波乱
万水千山必有转机

飞鸟的天空
飞鸟飞过不留痕
你的天空
只存在于你存在的存在中

Hard Rain

hard rain
错落的节拍
像很久才叠装起来的忧伤一下子全散开
你不了解的生活存在
像列车开进黑色的海

hard rain
平静中现惊骇
像镜中的自己竟不是自己的形骸
hard rain
该不该将陌生的世界拆开?
该不该用陌生的面目开怀?

那个在火柴熠熠柔光中终结命运的卖火柴的小女孩
是忧伤的童话坠落人间，从此忧思与忧愁一块
left the harder and harder rain to future…

保守主义

向来行动迟缓
泰然自若固守旧盼
周遭日新月异
他却让自己平躺

他沉迷于苦酒那类人间辽阔的苦
热衷于刀枪剑戟
眼神有如北斗辉光
越陷黑暗越显明亮

他相信规则相信力量
从不急于求成
即使面纹铺开鬓发苍白
依然安静依旧沉稳

这就是他
一贯强硬的做派
永远相信那遥远的海的誓言
始终坚守在这片古老的海岸

这双手比那双手更柔软

这双手比那双手更柔软
这永恒比那永恒更久长
他们的牛仔帽，他们的雪茄香醇
我们的鲛女，我们的珍珠泣泪
昨日的思绪油绿，架在高高的椰子树上
今日的愁绪红艳，锁在脉脉的唇边
温泉的嘴巴在水底悠闲地吐着烟圈
古老的纺车纺着古朴的丝和绸

这双手比那双手更柔软
这双眼睛比那双眼睛更清澈
他们高举长笛作歌吹
我们低挖深埋的理智的矿
命运女神沿着河谷抛撒鲜花和金子
没有更偏向东岸或西岸
东岸的茶花香，西岸的稻谷金黄
我们很健康，我们纺着快乐的思与愁

心　角

你总是以你的心眼瞄准别人的缺点
你的心角是锐角

你惯于拿你的心尺丈量别人丈量自己
你的心角是直角

你善于用你的心弧审视自己的弱点
你的心角是钝角

忧　患

不知何期何纪伊始
天空结下紫藤花紫色的情缘
向日葵开出了红蔷薇的娇羞
以及透着青绿的籽，粒粒琳琅
金子般灿烂，一地的落叶停落幽然
收获时节，空间肆意膨胀，膨胀

好时光麻醉了善于忘忧的生灵
忘了高高的帽子底下常常暗生险象
忘了白垩纪恐龙的骸骨堆满地球
一片象牙白，一部史前卷，尽目茫茫
没人知道繁荣何以会与灾难碰撞
没人知道古铜色的卦象又将呈现怎样的青黄

公　平

曾经伤悲的我认为是世界伤害了我
直到有天我亲手去摘那带着尖刺的玫瑰
划破手指的瞬间，我领悟到了
为那朵花的心的清芬
我就得以伤害自己为交换
毋庸置疑世界是公平的

曾经潦倒的我认为是人类欺骗了我
直到有天我走进了屠宰场
亲眼看见生命被肆意扯烂，践踏，蹂躏
我幡然醒悟
我心底的那一点奢望顷刻嘲翻了我作为人的属性
自此以后
我只有一再摆低自己才能勉强获得心理上稍微的平衡

爱与修行

爱是具象中产生的幻象
是物质世界中寻到的精神依托
是水雨云间闪现的祥愿
爱给孤独的旅程以希冀
给失落的苍穹五色灿光

爱并非住在谁的心里
并非画地为牢
它是和你比肩齐驱
踩在属于神的土地上
共赴漫漫修身之路

那些不是空谷幽兰
不需要清高的骨头
是高出生活一寸的斟酌
是洒在蛛网上的一抹蟾光
兼爱万物则无处不芬芳

修行注定是一次孤独的旅程
踯躅在百转千回的卑微底
绽放，绽放于每个宁静的夜晚
然后蔓延，蔓延整片荒原
与有形与无形直至两相绝伦

信　仰

有种花美得并不卓越也不堂皇
却让见过没见过她的人顿生敬仰
因为，她开出的是信仰
也有人说她开在心灵彼岸

无情的撒哈拉，兜不尽藏不完柏柏尔人的苦难
沙漠里的绿洲，却也有他们快乐的源泉
狡猾的沙狐，灵动的蜥蜴，温驯的骆驼
或许这些可爱的精灵也和人一样，有共同的趣味，共同的信仰

听了那么多泪湿青衫的故事
圣母玛利亚和圣婴只是其中一段
是什么温暖洒在因纽特人的雪屋上
是什么坚强让他们孤独守在鲸鱼和北极熊出没的港湾

哦，信仰，信仰！
不在教堂，不在寺院，更不在朝堂
它可以远到比银河系外的世界还遥远
它也可以比鲜红色的罂粟花瓣更浪漫
它可以多得像撒哈拉思念的沙
它也可以久长到撒哈拉再生气象
……

自　由

我要离开海洋，钻进你鱼缸
逗君掬笑，与君长伴
我再不要飞翔，好退化翅膀
与君齐眉，随君徜徉
我不想再流浪，变朵蒲公英
沾君霓裳，共君还乡

音乐太狂乱，我的幻想
全与你有关
太渴望我的心语不止我一人吟唱
磁场很慌乱，我的自由
改变了方向
但愿
我射出的箭不会成为你负担

不见不散

梧桐树上两只相遇的蚂蚁
它们的触角搭着触角
相互校对着信号
信号指向一个约定
虹举霓对的时辰

在用公元纪年的某个时辰
我们的领子搭着领子
像花瓣叠着花瓣
约好一起负雨饮露
一起在夏天结束前干枯

莫名的相聚发生在票与票根的分离之后
莫名的分离发生在不见不散的约定之后
莫名的时辰偷偷长出了记忆的锚
万花筒里的星星
有了向未来思念的能力

我

卸下奔波的劳碌
沐一章相思泳
共你一个摇篮同享

我用叶片给你遮阴
用花讨你欢心
你却爱上我生长的泥土

你无心的弹奏
只感动了我一个
塞给我满满一腔愁

哪有什么大智慧
不过是自我陶醉式的撩拨
还待另一个我来卸我这忧

你

端端是你
迷雾环绕
被一枚戒指扣住

端端是你
在水中游
为一朵水莲花俘获

你不知道
身处己乡的人如何思乡
身在凡俗的人如何思凡
那个故意写错的字像钉子
发音坚定且意义正确

你不记得
在昏黄的门前挂上门牌号
将起皱的地板打上蜡
云雀在门外的树上奏欢歌
你装作没听见

明月邀你做客
晚间的流霞穿在你身上
你是宁静的
你以宁静的物事为荣
即将奏响的夜曲，被你捂在胸口

离 开

我将杯子倒满水
你关上窗户
然后我们一起离开
我回来时
水已蒸发一半
而你就像那一半蒸发了的水
再也回不到杯中
我打开你亲手关闭的窗
吹进来一股秀发沾着水汽的幽香

幸福在原先所处的位置

一直在等待
以草木的无意识
和藤萝的无知觉

广场中央人来人往
无人告知
她何时来
直到退至灯火阑珊的角落
才发现她已经在了
就在原先所处的位置
站立的姿势里

星系外的光
自十万光年外赴约而来
以原始的姿态飞奔而来
遥远的星球时移世易
赴约者和被赴约者的距离
不多不差
始终隔着一个银河系

我赞美的幸福
在废弃公园的长椅上
爬满消磨的时光
和消磨时光的茑萝

蓝

同样一抹蓝
浅一笔有无限梦幻
添一笔是无比忧伤

蓝，源自天空，投射海面
最后印入你心中画墙

海鸥，唧唧围绕你身畔
海浪，掀起幽幽那片蓝

你离开后，很多年杳无信息
蓝就在我眼中聚集，越聚集越稠密

这都是过去的事
后来，我也离开天空，离开海洋
独留那片澄澈的蓝替我爱替我惆怅

不能够跳舞的树

树有一百只手
一千片飞舞的花边，却没有
一只可以跳舞的脚

风在背后将你推向大海
可是风怎么知道
你正拖着一条地下黑河

看似漫不经心的说辞
其实都由来已久
并不存在可供开启或关闭的按钮

黄昏再次降临需要一天
月亮再次变圆需要一个月
秋的眸子再次苏醒需要一年

在路上

在路上，面朝北方
当你回头看看太阳
你就知道它一直跟随着你

在路上，坚定信念
当你经受住了黑夜的考验
你就会明白暴风雨向来都是短暂的

那散落海边的鹅卵石
多经历一次海浪洗礼
它就会变得更光滑，更臻完美

那掉落一地的松子
它被脚踩得越深沉
将来的根基也才会越坚固

人生可怜，流光一瞬
当我们读完人生这本书
在路上，它在最精彩的部分

在压抑时自持
在绝望时自重
也许是我们身处逆境中最重要的品质

因为，在我们收获群星的时候
最动容、最感慨、最怀念的
也是那个没有星光的黑夜中依然奔放的自己

闪耀的年月

岁月轻轻唱
步履声声慢
分离是一曲郑重的重奏

群星闪耀时
大雁归还迟
重逢是一段墨白的对眸

天欺地欺年月欺
寒烟叠翠曾相宜
别离是一回也许的挽留

鹿鸣呦呦图奋发
秋风萧萧生落华
再见是一夜无涯的对愁

力 量

不知路始于何地
又归于何处
但我清楚哪里是前方
喜欢漫步在雨中
朝着彩虹出现的那个方向

不知花儿何时芬芳
又在何时凋零
但我理解生命的意义
不是建造巴比伦塔
而是燃尽体内全部的能量

经过花海，经过坟墓
星空下，寂寞的街道
始终有一个人在前面召唤
激起眼中倔强的泪花
原来泪水也可以这样有力量

看，高原上的雄鹰
穿过雪山之巅
正盘旋在冰冷的天际
为群山呐喊
当有天命运被撕开一个缺口
阳光一定会将那片世界装得满满

永不认命的灵魂
历尽生死，历尽苦难
挥舞干戚，还在与天决战
不为别的，为这生命积聚的力量
总有一天，执掌命运的天神
终将败下阵来，从此拜服

平凡并不一定简单

虽然许许多多声音
许许多多情怀
许许多多风景
曾在你的眼前一亮
可是我们还是走进了同一片沼泽

当你试图用“平凡”两个字来逃避
所有无法触及的事情的时候
你将会发现
你的世界里已经找不到一个能够拎起的点
或者说，你只能拎起一片树叶
却无法拎起一地落叶

面对惊恐和未知
她已经学会举起双手
那个三岁半的孩子
那个脱离众神手掌的孩子
即使你有心想将她倾斜的身子归正
可是你做不到，你忘了
这倾斜来自这个星球的 23.5 度倾角

自然与崇高

一天只能到达 23 时 59 分 59 秒
永远禁锢着人类思想的空间
假如，如果，可能，也许
否定之否定，在自然面前自动失效
我们热爱自然，欣赏它的无动于衷
欣赏它以人类的意识达不到的永恒
我们感动于山川河流寓静寓动
日月星辰移步易影，张弛有度
马匹在草原飞奔，岩浆在地下流动
海陆重合又分离，大地沉降又隆起
大自然永远基于某种特殊的理性运转
勇气，屈服，热恋，孤独
在大自然那里找不到任何痕迹
人类强加给自然的感情或浑浊或美好
改变不了它原有的面貌
更改变不了它崇高的本质
种这种树比种那种树
对人类来说更有意义
而这意义本身已经否定了人类追求崇高的可能

生命的活力

像花开的季节
我们的小小心泵
伴着节奏，源源不断
向外部输送着活力和生机
不因悲伤而停顿
不因骄傲而失衡

我们有强大的守护神
我们有足够的幸运星
我们有与啄木鸟眼神交流的神秘
我们就算是小雨滴
也能滴滴滴到天明

生命在哪里
活力就在哪里
那一朵朵红透的木棉花
像风中小火苗，可是
不必为它们担心
它们有高大的枝干作支撑
最脆弱的那朵也可以留香到枯萎的那天

涟 漪

每逢一件愉悦的事飞入我的思绪
便有一根羽毛从胸前的口袋飞出
每当一叶轻舟从窄窄的门前划过
我的心潭便随之泛起微微的涟漪

每逢昨日黄昏的夕阳出现在
今天清晨的地平线上
一种今日被昨日重叠的幻觉于眼前弥漫
像迷雾的森林，群山被森林的迷雾包裹

每当在深深的午夜的椅子上独坐
记忆的远方便淅淅沥沥下起细雨
一种木椅即将被记忆压塌的忧心避之不及
像烟雨上空的阴云，阴云压向远方的屋顶

每逢一件久违的事落进我的思绪
便有一片花瓣从胸前的口袋飞起
每当一只风筝从窄窄的门前飘过
我的崖岸上便依之升起袅袅青烟

美需要汲取

天使从神坛走下，带走灵性
神坛这时只是一个象征词
天使也是一个词
你需要她时，她才出现
她不出现时，灯芯草疯长

在蓝花丛中
找到最蓝的一朵多么艰难
直到风信子被风摘走
蝴蝶花被蝴蝶摘走
郁金香被金子摘走
风铃草被铜板摘走
矢车菊被时间摘走
最后只剩一朵没有名字，没有子属

未燃烧殆尽的陨星来地球做客
撞出一口巨型的半球形的陨石坑
与之相似的图形很多
比如岩浆从地下喷发留下的火山口
雨水来避风，水汽不散
后来形成了清池，后来有了鱼

黑夜与白天交替纠缠
黑夜只有藏起最后一米阳光

才能以它自己的面目示人
扭曲的藤蔓有它的不被赞颂之处
性灵也有它的扭曲之处

诗中的李白嗜酒，飘然驾鹤去
1265 年的但丁喜阴湿
以其独有的音节把炼狱吟成诗
而他终于完成了神曲的神

雪落满枝的梅花暗示
该驻足时且驻足，该离去时且离去
对于未知，仍需借助神力这个系数
而这个系数
正是给后来者让出的空间

因此，你不能去南方
你要继续留在干冷的冬青树上
与零度上下的孤独为伴
继续练习孤独

路边的杨树向行驰过的有轨电车的背影行礼
他们都称得上文明市民
而你不是
沾过泥土的灵魂
只能沉默并沉默着

丹顶鹤在它湿漉漉的舞池
羽毛扬起，舞步轻持

公告牌提醒
跟紧前面的人，并保持距离
打捞海水的网，淋湿一身腥与咸

你不能毫无准备
你不能写毫无次序的字行
你首先需要站成一棵树
然后授粉，然后开花
然后爱，然后被爱

翼鸟是飞机的祖上
翼鸟是飞机的天敌
去驱鸟吧
哦，人类
哦，纸飞机

美的真实
永远比现实高出那么一点点
你靠近，它就远离
虽然隔着一层空气
可是无法触及，只能欣赏

再顾再误

澄江含落日，水榭依山林。
闲愁抛身后，独往觅笛声。
山下卧锦雉，山头落凤凰。
春梦几回重，暮垂笛声断。

鸾鸟初出离，南飞北回顾。
花季徒蹉跎，游子别乡误。
冷冷崖石底，独添断肠草。
萋萋碎叶情，入骨碾成药。

牡丹颂

本非富贵身，武后贬洛城。
却兹得地灵，博得国色名。
四月压群芳，艳冠百花册。
康熙怜嫁女，陪嫁以牡丹。
花开悄无声，羞得月想容。
落花不同时，捡起无限伤。
沉香寓小家，但求一家和。
天香翳大家，富贵同天下。

图书在版编目（C I P）数据

不可胜数的芦花 / 谢晓飞著. -- 武汉 ：长江文艺出版社，2019.5
ISBN 978-7-5702-0591-2

Ⅰ. ①不… Ⅱ. ①谢… Ⅲ. ①诗集－中国－当代 Ⅳ. ①I227

中国版本图书馆 CIP 数据核字(2018)第 200338 号

责任编辑：胡　璇　　　　责任校对：陈　琪
封面设计：庄　繁　　　　责任印制：邱　莉　王光兴

出版：长江出版传媒　长江文艺出版社
地址：武汉市雄楚大街 268 号　　邮编：430070
发行：长江文艺出版社
电话：027—87679360
http://www.cjlap.com
印刷：武汉市首壹印务有限公司

开本：880 毫米×1230 毫米　1/32　印张：6.375　插页：2 页
版次：2019 年 5 月第 1 版　2019 年 5 月第 1 次印刷
行数：4586 行

定价：45.00 元